D1810542

MATTEO FINI

Jobber

GIOCANO A FARE I MANAGER
POI SI SBUCCIANO LE GINOCCHIA

EducationFlow

Copyright © 2019 Matteo Fini x Education Flow.
Tutti i diritti riservati.

Codice ISBN: 9781074187354
Prima Edizione: Giugno 2019

Copertina: concept a cura di Valeria Azzini.
Illustrazione di Daniele Mantellato.

Questo libro è stato scritto tra Milano e Barcellona.
Info e contatti: www.matteofini.it

Ai miei lettori. Amici.
Colleghi.

MATTEO FINI

JOBBER (*s.m.* | ˈdʒɑːbər). Un wrestler che viene usato per *far andare over* un altro wrestler, facendosi sconfiggere.

Nel mondo del Wrestling, nota disciplina che mixa sport ed entertainment, il risultato dei match è predeterminato per permettere il racconto di una storia che possa emozionare lo spettatore. Per la buona riuscita dello spettacolo i due lottatori nel ring devono conoscersi, conoscere le sequenze, le mosse e la storia da raccontare e, soprattutto, devono mettersi a disposizione l'uno dell'altro. Per ogni match c'è un lottatore che si prenderà gli applausi del pubblico e i titoli in palio, vincendo. Ma questo non sarebbe possibile se il wrestler sconfitto non facesse, al meglio, la sua parte di perdente. Lavorando nell'ombra, fuori dai riflettori, lontano dai risultati, senza gli applausi.

Senza il *jobber* non ci sarebbe lo show, non ci sarebbe il successo, non ci sarebbe il business.

MATTEO FINI

INDICE

INTRO

Questo non è un libro. Più un quadro, magari un po' *no sense* come un quadro di Fontana. Magari ti fa incazzare pure averlo pagato. Ma sono certo che se inizi a leggerlo non smetti finché non l'hai finito. Scommettiamo?

Jobber ti racconta il mondo del lavoro, dell'ufficio, del tuo capo. Racconta di te. Racconta cose che sai già, di cui hai parlato mille volte coi tuoi amici e colleghi. Jobber sei tu. Jobber potevi scriverlo tu.

Invece l'ho scritto io. Con la mia visione, la mia sensibilità, i miei errori, la mia esperienza, le mie idee. A volte sbagliate.

Sei pronto a emozionarti, ridere, incazzarti, dire: "Sì dannazione, è proprio così!?".

Se anche tu sei un *jobber,* mettiti il costume che si va sul ring. Sta per iniziare lo show. Tocca a te. *Theme song.*

.

CAP.1
JOBBER 1-10

1

L'Azienda è quel posto dove si pagano migliaia di euro
consulenti per dirti che non sai lavorare.

2

L'Azienda è quel posto dove si pagano migliaia di euro consulenti per dire cose che se le dici tu dipendente sei un coglione.

3

Il problema in Azienda non è la gente che non sa lavorare, ma la gente che non sa lavorare e parla.

4

In ufficio non è importante fare bene il proprio lavoro,
ma far fare male agli altri il loro.

5

L'Azienda è quel posto dove assumono uno *specialist* di una professione e poi passano tutto il tempo a dirgli come dovrebbe fare il suo lavoro.

.

6

[Jobber Tips] Non parlare male del tuo Capo. O gli tiri un pugno o te ne vai.

7

Molti Manager gestiscono le persone come se fossero cose, tool, strumenti. Sono rimasti ai Playmobil e alla pista Polistil.

8

Scendere a fumare a tutte le ore è assenteismo o tossicodipendenza?

9

Sapersi vendere è più importante che sapere.

10

L'Azienda è quel posto dove tutti parlano di *Business Intelligence* e *Big Data*, ma per calcolare il 20% di 100 usano la calcolatrice dell'iPhone.

CAP.2
QUESITO PER TOP MANAGER ILLUMINATI #1

Un dipendente ormai vecchio e inutile di cui vorreste sbarazzarvi da anni decide miracolosamente di dimettersi di sua volontà. Voi come reagite?

1. Lo ringraziate per il lavoro svolto negli anni e gli augurate il meglio per il futuro.

2. Fingete rammarico e, ridendo sotto i baffi per l'inaspettato regalo, vi mettete a completa disposizione, prodigandovi per aiutarlo affinché non cambi idea, firmi le dimissioni ed esca al più presto dall'Azienda liberandovi del suo pesante stipendio.

3. Gli dite che se vuole andarsene deve restituirvi il 20% dello stipendio annuale.

Microdecisioni di micromanager che fanno deplodere macroaziende.

CAP.3
PERCHÉ I MANAGER CHE PRENDONO DECISIONI SBAGLIATE PRENDONO DECISIONI SBAGLIATE

Il problema in Azienda non è che i Manager non sanno prendere decisioni, ma che non hanno gli strumenti per capire che hanno preso le decisioni sbagliate.

Così poi falliscono e rimangono con quella faccia un po' così tipo quando il Maestro De Luigi interpreta Bobo Vieri.

CAP.4
JOBBER 11-20

11

Educazione, disponibilità, senso del dovere: il modo perfetto per non fare carriera nel mondo del lavoro.

12

La maggior parte delle persone che lavorano in Azienda parlano per giustificare uno stipendio (ma nessuno glielo ha chiesto).

13

In Azienda l'aumento non devi meritarlo, ma chiederlo.

14
Tutti parlano di *Big Data* e nessuno ne sa un cazzo.

15

In Azienda per farti rispettare non devi lavorare bene ma andartene.

16

L'Azienda è quel posto dove ti offrono dei soldi se dici che te ne vai, se invece dici che resti, dimostri attaccamento alla maglia, lavori e segui i valori aziendali, allora ti lasciano in un angolino. Possibilmente umiliandoti.

17

In Azienda guardano quante teste hai sotto e non l'enorme cazzo che c'è sopra la tua.

18

Se guardi su LinkedIn sono tutti *Manager*.

[Non è più vero. *Analyst* è il nuovo *Manager*]

19

L'Azienda è quel posto dove più sei vestito bene meno sai.

[Un po' banale]

20
- personal branding + personalità

[Questa devo averla letta su qualche muro]

CAP.5
SCRIVI TUTTO

Scrivi tutto mi diceva il mio Capo.

Per rendere il lavoro dell'interlocutore, che poi sarebbe un collega, più facile, comprensibile e veloce? No, per tutelarsi dice. Ma non stavo scrivendo mica ad Al Qaida o alla Casa Bianca.

Praticamente dovevo tutelarmi dalla possibilità che il mio collega mi infamasse o negasse che gli avessi mandato un lavoro o ci fossero delle discussioni a riguardo. Carta canta, diceva il mio Capo. Tutelati dal tuo collega. Il mio collega. Collega.

Ma non siamo sulla stessa barca?

CAP.6
SEI INUTILE FINO A CHE NON TE NE VAI

C'era una volta un piccolo dipendente ricurvo che faceva il suo lavoro al livello più basso della scala sociale aziendale. Ogni giorno, per giorni, ogni anno. Per 10 anni.

Poi un giorno presentò le dimissioni, aveva trovato un'Azienda che aveva valutato il suo lavoro di più, molto di più.
Evidentemente lui e il suo lavoro erano importanti, da qualche parte.

Il suo Capo allora gli propose un aumento di stipendio di oltre il 50% portandolo a livelli da Top Manager.
Evidentemente lui e il suo lavoro erano importanti, anche da questa parte.

"Ma, quindi, per 10 anni mi avete preso per il culo?"

CAP.7
JOBBER 21-30

21

Se devi sempre avere la prima, la seconda, la terza e l'ultima parola: fatti una sega, non indire una riunione. Grazie.

22
La pausa pranzo è l'umiliazione suprema dell'Uomo moderno.

23
Lavorare per far guadagnare un altro è assurdo.

24

Due settimane di ferie sono un insulto all'intelligenza, alla vita e al benessere fisico.

25

In Azienda l'unico rapporto sincero che hai con un collega è quando lo scopi.

[Sintassi zoppicante voluta]

26

Se hai la competenza non ti serve la cravatta.

[Tratto dalla serie: "Quello che le Aziende non capiscono"]

27

Inizio breve storia triste:

L'HR sotto il Finance.

Fine breve storia triste.

28
Per lavorare in Azienda basta il 20% del tuo cervello.

29

L'Azienda è quel posto dove lavori 8 ore al giorno, 5 giorni su 7, fai un'ora di pausa pranzo, 2 di viaggi per arrivare e 2 di straordinari. Tutti i giorni, tutto l'anno.

Poi manchi mezza giornata: "Eh, non ci sei mai".

30

[Jobber Tips] Se il tuo capo è incompetente, diglielo.
Se è incompetente, ma non stupido, capirà che lo stai
aiutando.

CAP.8
SERIE DI QUESITI PER HIPSTER DEL BUSINESS

Sai perché la tua Azienda fallisce?
Perché i tuoi Manager non sanno prendere decisioni.

E sai perché non sanno prendere decisioni?
Perché sono incompetenti.

E sai perché sono incompetenti?
Perché non hanno studiato.

Per cui levagli dal cazzo quel coach motivazionale di 'staminchia e rimandali a scuola.

CAP.9
ARRIVANO
DEPLODONO AZIENDE
SE NE VANNO
#1

Skills principali:

✓ Pensa di saper fare tutto lui.
✓ Prende tutte le decisioni, sbagliate.
✓ Scambia l'aggressività per autorevolezza.
✓ Appena può assume i parenti.

Quanti ne hai incontrati di Manager Illuminati così in carriera?

CAP.10
JOBBER 31-40

31

Se esci alle 18 ti guardano tutti, però quando entri alle 7:30 non c'è nessuno di questi a romperti il cazzo.

32

L'Azienda è quel posto dove al colloquio ti trattano come un Dio greco per convincerti a venire, poi entri in servizio e ti fanno la guerra impedendoti di lavorare.

33

I Capi non ti sfruttano, ma ti umiliano, per paura di sembrare mentecatti (quali probabilmente sono).

34
L'Azienda è quel posto dove tutti parlano e nessuno fa.

[Un po' vecchia convinzione, che ne pensi?]

35

Il più mentecatto sta in alto.

[Leggenda narra: per limitarlo].

36

È tutto un inglesismo. *Effort, asset, mission, vision, target.* Poi indici un meeting internazionale e per te deve parlare un altro.

37

In Azienda ci sono quelli che mettono tutto in "tentative". Come se avessero l'agenda di Papa Bergoglio.

38

Non fare la lecchina e non fare promesse che non puoi
mantenere. È un segno di debolezza.

[Tratto dal B-Movie *Backstabbed*. Mica *Guerra e Pace* eh]

39
Più fai e non ti lamenti, più sembra che non fai nulla.

40

In Azienda per risolvere i problemi di *Public Speaking* ti organizzano un corso di Formazione in *Public Speaking*.

Così poi sai parlare, ma non hai un cazzo da dire.

CAP.11
QUESITO PER QUELLI DEL SOTTOSCALA

HR è dalla parte:

☐ dell'Azienda
☐ dei dipendenti
☐ neutra (ma pagata dall'Azienda)

CAP.12
I DIECI COMANDAMENTI

Prima di dire la tua sei sicuro di:

1. aver studiato
2. aver letto tutto a riguardo
3. aver ascoltato chi ha parlato prima di te
4. aver analizzato la situazione specifica
5. aver analizzato l'impatto sull'Azienda
6. aver scandagliato pro e contro
7. esserti concentrato sulla questione
8. esserti formato un'opinione nuova che aggiunga valore
9. esserti convinto che non sia una stronzata
10. aver verificato che non l'abbia già detta nessuno questa genialata

Altrimenti stai zitto. Vai al punto 1 e poi ripassa che noi siam qui.

CAP.13
JOBBER 41-50

41

Per un buon *Public Speaking*, non serve lo speaking. Ma la competenza.

42

Ho visto gente prendere per il culo Conte e il suo CV poi fare 4 torte colorate in Excel e farsi chiamare *Data Scientist*.

[Un fortunato post dalla mia pagina social ai tempi dell'elezione del Premier]

43

Se mi mandi una mail alle 11 di sera non sei efficiente,
ma un coglione.

.

44

Mai attribuire alla malizia ciò che si spiega adeguatamente con l'incompetenza.

[cit. vecchio adagio]

45

È semplice: io ho le competenze, tu paghi. Se non paghi, tu fallisci.

46

La Formazione si fa live no online. E no on demand.

[Pensiero personale, discutibile]

47

"Ti brieffo…"

[Ma fottiti]

48

Lo *Smart Working* è quella cosa che fa la moglie (assunta) del Capo.

49

Compito dell'HR non è tranquillizzare le persone raccontando palle. Ma facendosi percepire come con la situazione in pugno.

50

L'Azienda è quel posto dove un Manager che non funziona in un dipartimento viene messo a capo di un altro dipartimento. Così può vedere la sua incompetenza da un altro punto di vista.

CAP.14
SE TI PAGANO POCO

Se ti pagano poco:

☐ o vali poco, e allora cazzo pretendono?
☐ o ti sottopagano, e allora cazzo pretendono?

CAP.15
V PER VENDETTA

Avrai notato la strana malattia che accompagna la crescita nella piramide sociale aziendale: firmare con l'iniziale del nome. E basta.
Cioè fino al giorno prima eri il buon Nic Balba e da oggi sei N punto. N. Firmi le mail con N. Se rispondi.

Ma perché?

Pensi che dia più autorevolezza? Che incuta timore? Chiami rispetto? Spiegamelo N punto.

Una volta ho scritto una mail a Spike Lee. Mi ha risposto Spike Lee, firmando Spike Lee. Hai capito? Spike Lee. Niente segretarie, niente portaborse, niente filtri. S punto? No, Spike Lee. Tutto intero. Sai quanti riconoscimenti ha ottenuto e vinto in carriera Spike Lee? Non riesco ad elencarteli perché c'è una pagina di Wikipedia tutta solo per i premi in carriera di Spike Lee. Oltre a una per Spike Lee.

Tu invece che cazzo avresti fatto Enne Punto?

CAP.16
JOBBER 51-60

51

In Azienda ai Manager propongono coach, life coach, motivation, inspiration, svalutescion. Ma studiare quattro basi di economia e grammatica no?

52
L'HR deve occuparsi delle persone, non dei processi.

[Qui si può discutere]

53
Credono che non premiare le persone sia sfidante.

[O siamo al tavolo da Poker oppure questo *metagame* puoi mettertelo in culo. Thanks]

54

Per prendere decisioni non bisogna avere coraggio ma competenza.

55

Se non ascolti e pensi di sapere tutto non sei un buon Manager. Né un leader. Né un buon amico.

56

Non dovresti mai seguire un corso di *Public Speaking* perché il 90% degli speaker che ti ritrovi in Azienda non ha mai parlato in pubblico. Non avendo un pubblico. O qualcosa da dire.

57

L'Azienda è quel posto che:

☐ se segui le regole non sei uno che spinge
☐ se spingi sei uno che non segue le regole.

58

Nel 90% delle Aziende le Risorse Umane non analizzano nulla quantitativamente, ma tirano a indovinare come manco il Mago Forrest.

59

L'innovazione è la capacità di vedere il cambiamento come un'opportunità. Diceva Steve Jobs. In Azienda è una minaccia.

Easy game, thank you Steve.

60
Cerco di insegnare dando l'esempio, invece di dire agli altri cosa fanno di sbagliato.

[The Miz. Un wrestler mica Mandela eh]

CAP.17
PAUSA PRANZO

Un giorno sono andato in una grossa società di consulenza per un colloquio di lavoro. Mi hanno cercato loro, mi hanno proposto un lavoro loro, mi hanno ricoperto di soldi loro. Un'offerta che non si poteva rifiutare.

Infatti l'ho accettata.

Finito col mega Capo esco dal suo ufficio per andare dalle Risorse Umane a firmare il contratto. Lungo quei pochi metri che dividono le due stanze presidenziali il mio occhio cade sull'ingresso di uno stanzino, guardo all'interno e vedo 20 ragazzotti chini sul computer inscatolati uno sopra l'altro che pigiano i tasti col naso perché hanno un toast in una mano e un bicchiere di plastica nell'altra.

"A loro piace così la pausa pranzo" sorride stretta l'HR Manager.

Bip bip, wrooooooooooom… ma dove sarà finito? Ehi, c'è da firmare, ehi ehi… qualcuno l'ha visto?

CAP.18
QUESITO PER TOP MANAGER ILLUMINATI #2

Un dipendente dimostra il suo valore grazie allo studio, la competenza e l'intraprendenza. Come reagisce il suo Capo?

1. Lo ringrazia e lo premia. Perché una risorsa di valore fa bene a tutto il Team e fa risplendere il Capo che l'ha scelto, difeso e formato.

2. Abbozza un sorriso in pubblico, ma in un futuro prossimo lo metterà in un angolo per non rischiare che la troppa competenza della risorsa lo metta in cattiva luce ed evidenzi la sua impreparazione, la sua inadeguatezza e il suo alto tasso di mentecattume.

Microdecisioni di micromanager che fanno deplodere macroaziende.

CAP.19
JOBBER 61-70

61

Hai presente la differenza tra chi sa parlare e chi ha qualcosa da dire?

62

Se non sai una mazza non ti serve del *coaching*, ma una biblioteca.

63

Il Top Manager bravo parla poco, ma si fa ascoltare sempre.

64

L'Azienda è quel posto dove finisci il lavoro alle 14 ma devi stare fino alle 18.

[Senso?]

65

L'Azienda è quel posto dove finisci il lavoro alle 14 ma devi stare fino alle 18. Però poi esci alle 20 per farti vedere dal Capo.

[Ah, ok]

66

L'Azienda è quel posto dove ti danno gli obiettivi a Ottobre.

67

Il 50% di chi lavora in Azienda non sa *come*, l'altro 50% *perché*.

68

Tutti i falliti nel business fanno *coaching*, ma che cazzo coaching?

69

Prendere una decisione in ritardo è peggio che prenderla sbagliata.

70
I laureati sono dottori solo in Italia.

CAP.20
STUDIARE DA CAPO (O DACCAPO)

Non perdere tempo col *coaching* e i corsi motivazionali. Studia e impara a prendere decisioni.

Vedi che se prendi decisioni ottime a valore atteso positivo diventi il fottuto capo motivato pieno di soldi in un attimo.

CAP.21
ARRIVANO
DEPLODONO AZIENDE
SE NE VANNO
#2

Expertise:

✓ Si crede Gesù Cristo.
✓ Prende in mano Aziende che fatturano fantastiliardi
   e le porta in pochi anni e poche mosse mirate a:

   ‣ Roi -infinito.
   ‣ Bruciare i finanziamenti.
   ‣ Dimezzare il Capitale umano.
   ‣ Perdere la leadership di mercato.
   ‣ Perdere il titolo di "Best place to work".

✓ Lui ancora parla.

Quanti ne hai incontrati di Manager Illuminati così in carriera?

CAP.22
JOBBER 71-80

71
Non mi fido del titolo, mi fido dei titoli.

72
Esiste il *coaching* habla habla e il *coaching* di competenze.

73

Se in ufficio ti senti sottostimato come Robbie Williams nei Take That: licenziati e scrivi Millennium.

74

L'Azienda è quel posto dove Manager scarsi comprano Formazioni scadenti per dipendenti che non hanno voglia di seguirle.

75

Stare in ufficio 8 ore è una stronzata. Al limite del sequestro.

76

Se sei *ad interim* da più di 6 mesi o hai un problema tu o l'Azienda.

77

In Azienda quello figo è quello che arriva in riunione con mezz'ora di ritardo e se ne va mezz'ora prima. Nel mentre pensa e prepara un altro *meeting* spazzolandosi la chioma tipo Sgarbi.

78

In Azienda indicono delle riunioni per fare il punto su quello che è stato detto nella riunione precedente.

79

L'Azienda è quel posto dove il Capo se vede un dipendente promettente lo affossa perché ha paura che lo spinga fuori dai riflettori.

80

In Azienda tutti capiscono il senso che i sottoposti debbano saper fare il loro specifico lavoro meglio del Capo. Tranne il Capo.

CAP.23
L'HR TOPO GIGIO

È stupefacente l'abilità di alcuni Top Manager di riuscire a fallire clamorosamente, a volte portando nel baratro intere Aziende, e poi rivendersi un attimo dopo altrove, a volte pure in posizioni più prestigiose.

Però mi chiedo: ma chi è il *recruiter* che li sceglie nuovamente, Topo Gigio?

CAP.24
BLOW JOBBER

Capitolo muto.

CAP.25
JOBBER 81-90

81

Il *Top Manager Illuminato* non fissa regole, obiettivi, KPI. Perché poi dovrebbe ~~calcolarli e analizzarli~~ seguirli. Mentre così rimane tutto nebuloso che nemmeno la VAR.

82

Per lodare gli altri bisogna essere sicuri di sé. Ma piuttosto che lavorare sulla propria qualità e attitudine si preferisce eliminare quello bravo.

83

Un Top Manager dovrebbe fare una cosa sola: selezionare persone più brillanti di lui.

[Questa l'ho letta da qualche parte, ma non ricordo. In ogni caso grazie man]

84

In Azienda quando le cose vanno male il *Top Manager Illuminato* sbraita contro il suo Team definendolo un gruppo di coglioni. Ma non si chiede mai chi è il genio che li ha scelti, guidati e formati.

85

Hai presente il detto "Chi sa fare fa, chi non sa fare insegna"? Ecco, è una stronzata.

86

Invece di girovagare per le scrivanie sbraitando a caso impartendo ordini e priorità senza bussare manco fossi l'Uragano Katrina, se fossi un vero Top Manager prevederesti le situazioni e lavoreresti nell'ombra per tessere la giusta organizzazione.

87

Fidati, non stai operando a cuore aperto. Questa top urgenza delle 20:03 la vediamo domani. Per cui spegni quel PC e vai a casa a rompere le palle a tua moglie, grazie.

88

Quando sbagli (può capitare oh) chiedi scusa. Non ti cade il cazzo, te lo assicuro.

89

In Azienda spendono centinaia di migliaia di euro per far fare corsi di *Change Management* e *Guida al Cambiamento* a persone che poi appena Zuckerberg cambia la *skin* di Facebook vanno nel panico e scendono in piazza a manifestare urlando "Speriamo che Aranzulla abbia già fatto il tutorial per capire dove è finito il tasto like".

90

Visto che pensi di sapere tutto, fai. E non rompermi i coglioni.

CAP.26
I 10 MOTIVI PER CUI LA FORMAZIONE AZIENDALE FALLISCE

1. È vista come un costo invece che un investimento.
2. È pensata dai Manager per l'Azienda e non dalle persone per le persone.
3. È organizzata in giornate di 8 ore quando nemmeno il *sextape* di Belen su Youporn ti tiene incollato per più di 20 minuti.
4. Nessuno si chiede cosa succede prima. E cosa succede dopo. *One time, one shot, bye bye and thank you.*
5. Viene richiesta quando c'è da risolvere un problema, oggi per domani.
(5bis) La Formazione non deve risolvere un problema.
   Ma educare le persone.
6. Il 50% delle volte viene richiesta una Formazione elementare, al limite dell'insulto. L'altro 50% è uber avanzata che nemmeno alla Nasa.
7. Si pensa che esistano corsi per Manager, quando invece contano solo la competenza e l'esperienza.
8. Prima metti un tipo a capo di un dipartimento e, dopo, gli fai fare un corso sulla *leadership* e *gestione*

delle persone. Sei serio?

9. Le Aziende comprano, allegre, corsi grazie alla Formazione Finanziata convinte sia gratis. Invece stanno spendendo, male, i soldi dei dipendenti.

10. Il successo di una Formazione non lo fa chi parla, ma chi ascolta.

Fai un check. Quanti di questi punti segue la tua Azienda?

Finché la Formazione Aziendale sarà marchiata da una o più di queste regole, fallirà. Tu fallirai. Il tuo business fallirà. L'Azienda fallirà.

[Anche perché poi, amico mio, per coprire la voragine lasciata dal tuo non esserti aggiornato adeguatamente, ti ritroverai a strapagare consulenti arrivati *out of nowhere* per dirti che sei un coglione].

La Formazione costa. Non studiare costa ancora di più.

CAP.27
JOBBER 91-100

91

In Azienda vige il clima di terrore. Più terrore, più lavorano. Ma dove l'hai presa 'sta teoria, da *Saw l'Enigmista*?

92

Se qualcuno dice in giro che sei un coglione. Rilassati, probabilmente è vero.

93

In Azienda piuttosto che delegare, muoiono sommersi dalle carte.

94

Non è possibile essere un genio a tutto tondo, e se cadi nella trappola di pensare che tu lo sia, la tua Azienda è condannata.

[Richard Templar]

95

Dovresti piuttosto vergognarti se la tua Azienda fallisse perché sei stato tanto stupido dal non voler riconoscere le tue mancanze.

[Sempre Richard Templar]

96

Il modo migliore per fare in modo che il tuo lavoro non passi inosservato è essere molto, molto bravo.

[Ancora Richard Templar... Ma in Azienda, amico Richard, meno ti fai vedere meglio è. Altrimenti sei fatto caro mio]

97

Ci vuole coraggio a chiamare lavoro inoltrare email e fare Power Point.

98

L'Azienda è quel posto dove potresti fare tanto, bene e in fretta e invece ti fanno lavorare poco, male e con tempi da attesa della nuova stagione di Game of Thrones.

99

Se ti diverte tanto farti chiamare *Coach* metti almeno di fianco alla parola *coach* la competenza per la quale saresti qualificato a "coachare".

Life non è una competenza.
Mental non è una competenza.
Business, fa figo, ma non è una competenza.

100

Mi hanno sempre colpito quei fenomeni che ti entrano in ufficio, parlano, escono. E non è cambiato un cazzo.

PIN 1…2…3
JOBBER

RINGRAZIAMENTI

Ho scritto questo piccolo libro per i miei colleghi e amici. Perché in quasi 20 anni di carriera professionale spesa un po' ovunque ho sempre riso e scherzato *sul* posto di lavoro e *del* mondo del lavoro e le sue dinamiche. Anche quando mi tornavano in culo.

Ti rivedi? Può essere. I protagonisti di Jobber siamo tu e io. Siamo tutti.

Spero che oltre al sarcasmo, le risate e le note amare questo *libro che non è un libro* possa incuriosire raccontando anche delle piccoli grandi verità del mondo del lavoro di oggi e di sempre.

Se anche tu sei un *jobber*, se anche tu in carriera *hai jobbato* per il successo di qualcun altro, o se sei un *Top Manager Illuminato* che fa deplodere aziende con le sue decisioni sbagliate, o un Capo consapevole che i propri risultati sono figli del *job concesso* da qualcun altro per il bene del business, allora grazie. Questo libro esiste grazie a te. E per te.

25377054R00077

Printed in Great Britain
by Amazon